U1010943

甘草之味

七篇

刘建东 著

天津出版传媒集团
百花文艺出版社

图书在版编目（CIP）数据

甘草之味 / 刘建东著. -- 天津：百花文艺出版社，2021.9
(百花中篇小说丛书)
ISBN 978-7-5306-8113-8

Ⅰ. ①甘… Ⅱ. ①刘… Ⅲ. ①中篇小说-中国-当代 Ⅳ. ①I247.5

中国版本图书馆 CIP 数据核字(2021)第 117286 号

甘草之味
GANCAO ZHI WEI
刘建东　著

出 版 人：薛印胜　**选题策划**：汪惠仁
编辑统筹：徐福伟　**责任编辑**：李　跃
装帧设计：任　彦
出版发行：百花文艺出版社
地址：天津市和平区西康路 35 号　**邮编**：300051
电话传真：+86-22-23332651（发行部）
+86-22-23332656（总编室）
+86-22-23332478（邮购部）
网址：http://www.baihuawenyi.com
印刷：山东临沂新华印刷物流集团有限责任公司
开本：700×980 毫米　1/32
字数：42 千字
印张：3.875
版次：2021 年 9 月第 1 版
印次：2021 年 9 月第 1 次印刷
定价：30.00元

如有印装质量问题，请与山东临沂新华印刷物流集团有限责任公司联系调换
地址：山东省临沂市高新技术产业开发区新华路 1 号
电话：(0539)2925659　邮编：276017

版权所有　侵权必究

刘建东 / 作者

1989年毕业于兰州大学中文系，鲁迅文学院第十四期高研班学员。1995年起在《人民文学》《收获》《花城》等刊物发表小说。著有长篇小说《全家福》《一座塔》、小说集《情感的刀锋》《黑眼睛》等十部。曾获人民文学奖、百花文学奖、孙犁文学奖、河北省文艺振兴奖等奖项。作品多次入选中国小说学会年度小说排行榜。现为中国作协全委会委员、河北省作协副主席。

我大抵记得十二岁那年的事，我们家突然门庭若市。

在那些行色匆匆的人之中，就有我的小姨父秦大贵。他们像是从一列叫作忧伤的火车上一起下来的一样，均哭丧着脸，说话的声音要么高亢激昂，要么低沉沙哑。他们是我们家乡下的亲戚和一些不相干的老乡，来城里投奔我父亲，做绝育手术。

我父亲董耀先并不是一名医生。他只是在交通局职工医院里工作，是医院药房的副主任，但他是我们村第一个在大城市的医院里工作的人，所以，他们都确信不疑，我父亲董耀先是一个了不得的医生。那年秋天，我父亲说破了嘴皮，也无法阻止他们前来求医的热情。我记得那一阵子,几乎每天我们家都会有陌生人出现,父母让我和弟弟喊他们大爷大娘叔叔婶子,甚至爷爷奶奶。我看着他们的年龄不比我父亲母亲大多少,有的还更年轻一些,所以喊起来就含糊其词,在喊“爷爷”“奶奶”时嘴里就像含着一个鸡蛋。

小姨父是由小姨陪着来的。我觉得小姨的心情和小姨父不一样，正好相反，他们一个兴高采烈,一个垂头丧气。过去的几年,小姨一口气给秦家生了三个姑娘,她早就厌倦了这种无止境的生育机器的身份。她和我母亲说话时,不时传来阵阵笑声。而小姨父却闷闷不乐,一声不吭,他坐在我们家床边,不停地抽烟,不停地唉声叹气。他把烟屁股扔到地上，狠狠地踩着。他对我父亲恶声恶语：“我不信乡里、县里的医院，他们也不信。我只信你。”

父亲虽然知道自己不可能是那个主刀的医生，但是小姨父浓重的乡音，和这份来自亲人的信任，还是让他骄傲万分，油然而生一份满足感。他挺直了腰杆，提高声量说：“放心吧大贵，我给你找我们医院最好的医生。一点也不疼，也不会留下任何的后遗症，他有个外号，叫蒋一刀，在全市都鼎鼎大名。这一段时间他成了我们医院最难请的人，来找他做绝育手术的人络绎不绝。你把心结结实实地放到肚子里，该吃吃，该喝喝，明天就给你动手术。”

听到父亲提到“手术”一词，那年三十三岁的小姨父却看到了世界末日似的，放声大哭起来。这是我第一次看到一个大男人如此肆无忌惮地痛哭，觉得非常好玩，我和弟弟挤到他面前，看着他的脸上涕泪纵横。我们俩相视一笑，互相推搡着对方。父亲把我们俩拨拉到一边，安慰小姨父："没什么好怕的，一点也不疼。真的一点也不疼，就跟被小小的蜜蜂蜇了一下似的。"

这个叫秦大贵的小姨父，丝毫也没有被我父亲的言语所安抚，反而变本加厉，哭声震天，仿佛都要把我们家的屋顶捅破似的，引得我们那栋筒子楼上的邻居都来观看。我母亲对他们说，别看了别看了，以后没法生儿子了，伤心的。而我小姨则满脸羞愧地说，丢死人了丢死人了，这么大的男人哭得像小娃娃。邻居们不像我和弟弟那样纯粹地看热闹，他们抱有仁厚的同情心，每人对小姨父说了一句不疼不痒的宽心话，就回去了。背过脸去的他们都有着一张快乐的笑脸。

小姨父秦大贵的哭声，似乎持续了整整一夜。

只是那哭声渐渐由大变小，由重变轻，慢慢地变成了一股泉水似的，在夜晚细细地流进了我们的梦里。

第二天的早晨醒来吃饭时，已经听不到他的哭声。他端坐在窗前，脸色苍白，凝视着外面开始喧闹起来的街道，忧伤地说："我儿子没了。"

没有人理会他的悲伤。他看着大早晨都在忙碌的每个人，觉得自己受了冷落，心有不甘，他央求我父亲："我害怕疼，有啥能让人不害怕？"

父亲为难地摇摇头，然后看着墙角的那堆草药，说："要不你嘴里吃点什么，可能能减轻你的恐惧。"父亲从草药堆里拿了一把树根样的草药，放到小姨父手里。

小姨父问："这是啥？"

"甘草，甜的。"父亲说。

他接过来，摊开看了看，尝试着把一小片甘草放进了嘴里，使劲吸吮着，脸上露出贪婪的表情。

我和弟弟没有时间看他像小孩子般无比贪婪的样子，我们甚至有些鄙视他夸张的表情，一片甘草哪有那么陶醉，我们又不是没有尝过。我们匆匆吸溜两口玉米面粥就背着书包上学去了。中午放学回来，他仍然坐在窗前，仍然吸吮着甘草，像是清晨时光的再现。一个刚刚做完绝育手术的男人，此时已经没有了恐惧。他有种万念俱灰的悲壮和凄凉。他把窗子打开，让秋天的冷风吹在他僵硬的脸上。我母亲非常担心他，害怕他想不开寻了短见，从我们三楼的窗户跳下去。小姨大声说："放心吧姐，他没那个胆儿。"还是我小姨最了解小姨父，知道他没有勇气去做气吞山河的举动。他就那么一直坐着，狠狠地吸吮着甘草，也不再哭泣，只是枯坐着。

我顺着他迷离的目光向窗外张望，大街上除了偶尔经过的三三两两的人和自行车，其他什么也没有，不知道他在看什么。

那天晚上，小姨父终于有了一点活人的气息，他像是死过一回又复活了一样，一口气吃了三碗炸酱面。吃饱了饭的小姨父摸着我的头问我："仙生啊，你长大了想干啥？"

其实我挺喜欢小姨父的，初中毕业的他喜欢高谈阔论，我每次回老家见到他，他都拽着我，和我聊天，天南地北，时事政治，好像他去过很多地方似的。有的我能懂，但大部分都不太懂。我挠挠头，无知地说："不知道呀。"

他就严肃地说："这可不行，你看你们，啊，条件多好，不愁吃、不愁穿，你得想想，别光贪玩，到我这么大了心就慌了。得想想长大了要干点啥，要成为一个啥样的人物。”

那天晚上，他和我父亲一本正经地谈论起理想。他咬牙切齿地说:“我只有一个理想,就是出人头地,让老婆孩子过上好日子。你呢？”

我父亲心底里有些排斥小姨父秦大贵。他觉得小姨父是个夸夸其谈、不切实际的人。小姨父因为当过三年兵,就觉得自己与一般的种地农民不一样。他自称是共和国的儿子,是喝着共和国的奶长大的。他之所以与共和国同龄，并不是一种巧合，而是与共和国一样，有着神圣而特殊的光荣使命。每当他如此描述自己时,父亲就乐得合不拢嘴。父亲嘲笑他:“说到底,你还不是在农村里种地,你在那一亩三分地,就种种田,收收粮食,能有啥光荣使命。”

小姨父对我父亲的蔑视并不在意，发誓说：

“你别笑,早晚你会相信我的。”

和小姨父相比，我父亲的理想就有些虚无缥缈了。他想了想,对小姨父说,他在农村上学时就想去当兵,当上兵后就想保家卫国,在医院工作后就想着救死扶伤。我父亲有些犹豫,他不知道这算不算理想。

小姨父斩钉截铁地说:“不算，这算哪门子理想。你老变来变去的,那算啥理想。”

夜已深,母亲和小姨已经进入梦乡,父亲也在不断地打着哈欠，困倦已经牢牢地战胜了每一个人,唯独小姨父还清醒无比,他最后看一眼窗外漆黑的夜空,突然像是缓过神来似的对恹恹欲睡的父亲说:“我恨死你了。是你让我失去了一个男人的尊严,失去了成为一个儿子父亲的机会。你这样对待共和国的儿子,祖国和人民都不会答应的。”

我父亲被他这句话吓得一下子就失去了倦意，没想到自己做好事会落下这个结果，义愤填膺地说："你别给我扣帽子，又不是我让你做的，是你找我来帮忙的。你可不能怪到我身上。这跟我有啥关系。"父亲非常生气，对小姨父不可理喻的想法愤慨不已，他想不通，小姨父竟然会有这样稀奇古怪的想法。他站起来，身体颤抖着，他再也不顾及礼貌，快速地逃离小姨父，爬到床上去睡觉了。

从结扎手术之后，小姨父就依赖上了甘草，临走，他从我们家拿走了一大包甘草，那一片片像树根样的东西，成了他的宝贝，让他终身受用。

初中三年级的时候，我曾经在《现代汉语词典》里查到了"甘草"一词，里面的解释是这样的：多年生草本植物，茎有毛，花紫色，荚果褐色。根有甜味，可以入药，有镇咳、祛痰、解毒等作用。

回到家的小姨父，总觉得自己的身体不像是自己的。他对自己的身体时时产生怀疑，可是我父亲说他好高骛远的性格并没有丝毫的改变。小姨父本来就对弯下身体种地不感兴趣，这次更是有了充足的理由，他说，结扎手术让他没了力气，弯不下腰去。第二年夏天，我和弟弟放暑假回老家去看小姨时，在阳光照耀的田边地头，小姨父拄着一把锄头，戴着一顶草帽站在那里，悠闲地品尝着甘草的味道，而小姨则弯着腰在地里挥汗如雨地锄草。他指着那绿油油的玉米说："仙生，路生，你们看到了啥？"

"棒子地。"弟弟路生抢着说，"全是棒子地。"

小姨父摇摇头，冲着我努努下巴："仙生，你说。"

我犹豫着说："小姨在锄草。"

小姨父很不满意地摇着头:“你们只看到了你们看到的,却没有看到你们没看到的。”

“那是啥?”我问,他这种绕口令似的话让我们俩很费解。

小姨父说:“那是一个阴谋,一个埋没共和国儿子梦想的阴谋。”

我和弟弟都不懂他在说什么。

当我把地头儿这个场景说给父母时,母亲气得在屋里团团转,说:“他怎么能这样,怎么能这样?这哪里像一个男人。这不是欺负我小妹吗?”

父亲说:“我早就说过,他就是这样的人,不切实际,好高骛远,眼高手低。你还不信。”

他恨我父亲。他明知他的结扎和父亲无关,可他仍然满怀着对父亲的幽怨,逢人便说是我父亲劁猪一样劁了他。在以后若干年里,他们的每一次碰面都不欢而散。一见到父亲他就怒目而视，仿佛是父亲让他堕入万劫不复的深渊似的。他们的关系变得十分微妙，父亲不止一次向母亲埋怨道，以后凡是小姨父的事，他一律不管。父亲回老家的次数越来越少，他觉得一回到故乡，那些曾经让他帮忙结扎的男亲戚女亲戚就像看敌人那样望着他，目光都带着刺，让他浑身上下不舒服。他委屈地对母亲说，好像真的是我非要给他们结扎似的，这到哪儿说理去。

父亲说是这么说，可事到临头，他又不得不管。

为了自己的理想而奋斗的小姨父，拖着一个被他说成是假男人的身体，在时隔一年之后，不得不再次来到邯郸城里，向我父亲低头。

那时候父亲正在自学各种医学书籍，其中有

一本是北京中医医院革命委员会编的《辨证施治纲要》，我曾经偷偷地翻看过，里面的“望闻问切”“六经辨证”“三焦辨证”那些词，我根本看不懂，只记得书的扉页上的一句话：“中国医药学是一个伟大的宝库，应当努力发掘，加以提高。”他虽然没有行医资格，可是他一直想成为一名医生，他对中医有了浓厚的兴趣，经常抱着一本《新编中药歌诀》，从早读到晚，像是唱歌一样，什么“桑叶甘寒肺肝经，清热明目祛痛风”，什么“黄芩味苦药性寒，归心大肠肺肝胆”，什么“桔梗苦平归肺经，解热镇咳祛痰脓”。一旦我们感冒发烧，头疼脑热，他便格外兴奋，因为展示他学习成果的机会来了。他从单位拎回一包包中草药，什么柴胡、苏叶、桔梗、甘草、麻黄、防风、黄芩，等等，他一一告诉我们那些陌生草药的名字，以及它们的功用。除了他，我们没有人关心它们具体有什么用，只要能让我们赶快把烧退掉，不再不停地咳嗽，就阿弥陀佛了。我们甚至不关心它们叫什么名字。有人生病的日子里，我们家总是飘散着非常浓烈的中药味道，这种苦苦的味道，在我们狭小的房间里打个转，然后就飘到楼道里，飘到每家的餐桌上。一起上学时，隔壁的二小讥讽我和弟弟："我爹说，你家吃不起白面，又用草药改善生活呢。"我们兄弟俩追着他打。

小姨父这次来，看来是做好了充分的心理准备，打算向我父亲低头。他背着一口袋玉米面，特意拎着两包桃酥点心，还没进门，我和弟弟就闻到了那香甜的味道。他戴着一顶棉帽子，进了屋赶快把棉帽子摘下来，低眉顺目地对我父亲笑。真想不到，他轻易就把对我父亲的仇恨给忘掉了。

父亲正拿着一本医药书在看，他头也不抬，不吭声，假装没看到他，高声念诵着："葛根辛平归胃经，发汗解热止疼痛；发热口渴呕吐泻，头身疼痛肩背凝。"

在父亲中药歌诀的诵读声中，小姨父表现得很耐心，他一直等着父亲的诵读到了一个段落，才说："姐夫我来了。我的甘草吃完了。"

父亲继续读："生地甘苦性大寒，心肾小肠心包肝；滋阴清热凉血液，降逆五血破瘀坚……"

小姨父装作很认真地听着，等父亲一停下来，他马上又说："我给你买了桃酥。这家桃酥是咱县最好的，我跑了二十里地去买的。"

父亲屁股挪了挪，并不抬眼看他，目光停留在中药歌诀上。

小姨父并不气馁，他说："我给你道歉来了，以前是我不懂事，该死。要不我给你……"

父亲适可而止，没让小姨父把那句话说完，他抬起头来，面露愠色，说道："要不是他小姨哭着来求我们，我是千不该万不该再去招惹你的。又看你日子过得那么饥荒，三个丫头穿得补丁摞补丁的，连顿白面馒头都吃不上。算了，原谅你了。你能耐，你真行，我是服了你了。"

小姨父立即就笑逐颜开起来，他急忙掏出烟来给我父亲点上："你大人不记小人过，宰相肚里能撑船，饱汉子不知饿汉子饥……"态度极其谦恭。

父亲急忙阻止小姨父再说下去："越说越不像话了。饱汉子饿汉子都出来了，这哪儿跟哪儿啊。不过咱可丑话说到前面，以后可别再落埋怨。我不想做了好事还里外不是人。"

小姨父随声附和："那是那是。你是大好人。姐夫，你说你说。"

父亲不紧不慢地说:“一是念在咱们是亲戚的份儿上;二是考虑你家里的情况确实也太艰苦,拉扯一大家子,也不容易;三是我正好和我们局管后勤的是战友。你到那里好好工作,也给我长长脸,别让人家说我这个介绍人的不是。”

“放心吧姐夫。我一定不辜负你的期望,努力工作,积极上进,为‘四个现代化’贡献力量。你就看我的表现吧。”小姨父信誓旦旦地表白,让我和弟弟觉得非常可笑,就像我们在老师面前表态一样。一个烧锅炉的怎么为“四个现代化”贡献力量,真是可笑。他竟然落到和我们同等的水平,这让我和弟弟很不齿。

父亲为小姨父找的工作是烧锅炉,在交通局职工澡堂烧锅炉。小姨父暂时忘掉了他内心的悲伤,忘掉了他人生的目标与理想,开始快乐地烧锅炉。他对我父亲的态度大变，仿佛他从来就没有恨过我父亲一样，他千方百计地讨好我父亲，一到开支那天就来我家，给我父亲买包黄金叶烟，然后趁机在我们家蹭顿饭。父亲对他的态度不冷不热，言语也并不热情。小姨父肯定能感觉到父亲的冷淡，但他假装看不到，照样和我们有说有笑。他最喜欢看我父亲从单位里拿回来的《人民日报》，每次他都把报纸从头到尾看个遍。看完之后，他像是肚子里憋着太多的话想要说，而父亲又对他爱搭不理，他又觉得母亲是个家庭妇女，与他想说的话不相配。所以他盯上了我，他就凑到正在写作业的我跟前恭维我两句："你看看仙生，多文气，啥时候都见你在学习。不像路生，在家里就见不到他的影。"然后他就借机把他的"满腹经纶"向我倾倒。他像是发现了什么秘密似的告诉我说："你等着吧，我们国家很快会有大事发生。”

我头也没抬,好奇地问:“啥大事?”

“我也说不清,反正,我觉得要有很大的变化,我们都要有变化,再不能浑浑噩噩地混日子了。”

他指着《人民日报》上的一篇社论让我看,而且字正腔圆地用普通话给我读了一段,他那带着乡音的普通话听上去和说相声一样,逗得我大笑。我父亲瞥我们一眼,又埋头自顾自地看他的书。厨房中的母亲探过头问:“笑啥呢?”

我说:“没事,我小姨父变城里人了。”

父亲不知道是不是被我不断响起的笑声所吸引,他把书背在身后,走到我们面前,围着我们转了一圈,又回去坐下,继续读,并不时地向我们张望。

过了几天,我才明白父亲围着我们转圈的目的。

那些日子，父亲迷上了针灸，手痒痒得难受。他经常手里捏着一根银针在屋里踱来踱去，那银针的闪光晃得我弟弟董路生头晕，他说："我头晕，到外面吹吹风。"他推开课本，一溜烟地跑了。父亲并没有停止读书和踱步。原来他在找合适的时机、合适的人选来练手。那天小姨父秦大贵是自投罗网。

吃完午饭，父亲终于按捺不住内心的冲动。他把小姨父按到椅子上，卷起小姨父的裤腿，露出他瘦弱的膝盖和小腿。他拿出那个长条的小铝盒，打开，里面摆满了闪闪发光的银针。小姨父坐在那里瑟瑟发抖，他哀求道："姐夫，我没病，不想扎针。"他眼里露出恐惧。

父亲轻描淡写地说："你怕啥，谁没扎过针？一点也不疼。就跟被蚂蚁咬了一口一样。你连蚂蚁都怕，亏你还当过兵。”

“我没病，扎啥针。”小姨父反复强调这一点。

既然父亲找到了最合适的对象，他岂能善罢甘休！他按住小姨父因为恐惧而晃动不已的肩膀，就像当年结扎前安慰他一样：“没事的。一点也不疼。有没有病你知道啊？很多人得了病自己并不知道，你也是。我早就在观察你走路的姿势了，你一条腿总是向外撇，这说明你腿上的气血不畅，腿上的气血不畅就说明你有潜在的疾病，轻则腿脚麻木，重则半身不遂。”

不容分说，父亲把银针用酒精消过毒，便毫不留情地在小姨父的膝盖处下了手。小姨父及时地从兜里掏出一片甘草，快速地送进嘴里，响亮地吸了一口。我和弟弟都好奇地围着他们，睁大眼睛看着小姨父抖动的膝盖和脚踝。我母亲劝父亲：“他不愿意，你就别扎了。”

父亲固执地抢白母亲：“又死不了人，我这是在给他治病。他还得感激我呢。你说是不是？”他转身对小姨父说。

小姨父早就忘了该怎么说话，他的脸色发青，嘴唇发紫。

母亲不忍看，转身出去了。

小姨父的反应异常强烈，父亲的银针还没扎到他腿上，他就扭动身体，大呼小叫。父亲警告他：“你要是乱动，扎错了穴位，就不是我的事儿了。”

这句话真管用，小姨父立即吓得僵在椅子上，脸色由青变白，他颤抖着说：“姐夫啊，看在咱们是亲戚的份儿上，你一定要扎准了啊。”

父亲镇定自若地说：“放一百个心吧。我在梦里不知道扎了几百遍了。一点问题没有。”

不管父亲再怎么吹牛，毕竟这是他头一次针灸，再加上小姨父紧张得仍然有些晃荡的身体，父亲的自信心便打了些折扣。他的手也随着小姨父的身体晃来晃去，但内心那股无法遏制的兴奋，让他还是果断地扎下了第一针。于是我们便听到了小姨父那一声撕心裂肺的尖叫，看到了他腿上的鲜血。父亲也慌张了，他一时不知道下一步要干什么，而扎上去的银针还随小姨父的身体不停地摇动着。母亲应声从外面跑过来，惊呼道："咋了咋了，让你不要扎不要扎，你偏不信邪，自己又不是个医生，装啥大头蒜。"

父亲的第一次尝试以失败告终。可他并不气馁，那几天他吃不下睡不香，都在琢磨着为什么会失了手，他自言自语："按理说不应该呀。没错呀，一切都是按程序来的呀。不会错的呀。"他还去请教医院的老中医邢大夫,那个戴着厚厚镜片的老医生。

父亲还去澡堂的锅炉房找过小姨父，问他到底那天扎得疼不疼。小姨父煞有介事地摸摸膝盖，说:“疼吧。”

父亲追问:“你好好想想,到底疼还是不疼？”

小姨父犹豫了:“好像有点疼。”

“到底疼不疼？”父亲并不死心。

“好像又不怎么疼。”小姨父说。

这些后来父亲在饭桌上转述给我们的话,让他彻底放下了心理包袱，他开始了又一次的冲刺，他摩拳擦掌,信誓旦旦。那个礼拜天他特意去请小姨父来家里吃饭。这让小姨父受宠若惊,连买一包黄金叶烟的惯例都忘了。父亲举着银针,问他:“真的不疼是吧？”

小姨父说:“不疼。”

其实，第二次还算是成功的。没有见到血,也没有听到小姨父的叫声,只是小姨父额头上的汗水比往常要多许多。所以,那个春天里,一到礼拜天,小姨父就成了我父亲练习针灸的靶子,他身体的各个部位都是我父亲下针的地方。身上扎满银针的小姨父,很安静地坐在椅子上,或者躺在床上,早就没有了恐惧与担忧，他甚至还自得地看着《人民日报》。他鼓励父亲说:“姐夫，一扎针我就觉得浑身舒坦,跟洗了次澡一样。”

父亲见怪不怪地说:“洗澡哪能跟扎针比。洗澡只是把你身上的脏东西洗掉,扎针却是把你身体里的脏东西扎没了。”

有时候小姨父浓密的黑发丛中也长出来几根银针,而他低着头在那里看《人民日报》,很享受的样子。我问:“小姨父,你说的大事,啥时候来呀?”

他指点着报纸说:“快了快了。你就等着吧。有比你还急的人。”

我一直好奇小姨父为什么坚持说第一次扎在他身上的针不疼。他从来没有说过。这是他和父亲的一个秘密。

我不知道小姨父说的大事是什么，可是发生在他和我父亲身上的大事却来了。

先是小姨父突然辞职不干了。

不得不说,小姨父是个脑袋瓜灵活的人,他在快乐地烧锅炉的过程中,接触了许多经常在澡堂泡澡的人。父亲每周带着我和弟弟去那里洗一次澡，那种老式的澡堂有一溜长长的更衣室,中间有一个窄窄的过道,两旁是两溜长条形的木床,有二十多张。很多中年人除了洗澡,还在那儿休息聊天。有很多都是常客，小姨父就有机会去认识他们，有一次他向我们炫耀说他和说相声的康达夫聊了好多次。康达夫、李如刚是当时河北相声界的名人，在收音机里经常能听到他俩说的相声。康达夫就住在邯郸贸易街十九号院。因为离得近，所以他经常去交通局的澡堂洗澡，我们也经常见到他，可是没有人和他聊过天，小姨父却有这样的经历，这成了他炫耀的资本。有的人和他成了朋友。他生命的转机就是朋友提供给他的，他受了一个经常泡澡堂子的朋友启发，按着朋友的指引，要回村去开砖窑了。走之前，他破天荒地买了一只烧鸡、一包花生米、一瓶邯郸大曲，来和我们道别。此时的小姨父，充满着对未来的渴望，他眉飞色舞，喝了几口酒之后，就开始畅想着砖窑挣钱之后的生活。我父亲忧虑重重，问他："开砖窑好是好，可你没有经验呀。那可不是说把土和成泥,架到火上烧烧的事儿。”

“这个你放心。老张去和我一起干,他有经验,他在山西烧了五年的窑。”小姨父信心满满地说。老张就是他在澡堂子里交上的朋友。

母亲在旁附和着:“是呀,你和小妹商量没有?你别砖窑开不成,烧锅炉的工作也没有了。这工作你姐夫费了多大的劲才给你找来的。”

“烧锅炉算啥。”小姨父满脸的不屑,说,“我以后有了钱可以自己把澡堂子买下来。”

“你有钱开砖窑吗?”父亲问了一个非常现实的问题。

小姨父立即停下了筷子,脸色也变得忧郁起来:“这是主要问题,现在是万事俱备,只欠东风。”

“那你打算怎么办?”父亲问。

“借。”小姨父说,“我早就想好了。钱我从亲友处借，你们放心好了，姐夫、姐姐，我不白借你们的。就当你们把钱存到我这里，我比银行给你们的利息多一倍，你们看怎么样？”

“好啊好啊。”母亲高兴地说。

父亲瞪了母亲一眼：“八字还没一撇呢，砖还没烧出来一块，你好啥好。”

父亲尽管一万个不情愿，但还是碍于亲戚的情面，借了五百块钱给小姨父，小姨父是千恩万谢，给父亲母亲许愿说：“我发了财，也要让亲戚们都富起来。”

他还分别从山东的大姨父、邢台的三姨父那里借了钱，带着一大家子人的期望，踌躇满志地回乡创业去了。临走时，小姨父对我父亲切切地说：“如果你真的成了大夫，能不能再给我做一次手术，让我恢复男人的身体？”他内心深处还念念不忘被结扎一事。

父亲摇摇头:“这可不是我说了算的。”

小姨父走后，父亲立志要当一名真正医生的步伐开始加快。父亲的事业在他做了足够的铺垫和准备之后,却并没迎来重大的转机。他一心想当一名医生的梦想迟迟无法实现。在小姨父走后不久,父亲偷偷与中医科的邢大夫谈妥,在他那里过过当医生的瘾。如果单纯地扎扎针灸,不会出什么大事,后来他得寸进尺地竟然动了给患者治疗骨折的念头。这一次,惹了大麻烦了。后来母亲不止一次地埋怨父亲怎么就有那么大的胆子去给别人做手术,如果真的出了人命,你可让我们娘儿仨怎么办。

那是一个晚上,父亲一直没有回家,眼看着夜幕四合。我们坐在饭桌前等着父亲下班回家。要是以前，我们都吃完晚饭了。直到夜里九点，父亲才拖着沉重的脚步回家。他阴沉着脸，一句话不说。坐了足足有半个小时，父亲才说出实情。原来，中午临下班时，邢大夫急着回家炖刚托人买来的新鲜排骨，就让父亲临时盯一会儿班。药房里人手多，父亲乐得在外科里坐坐，体验一下当医生的感觉。没承想快吃午饭时来了一个被自行车撞断小腿的年轻小伙。小伙子疼得脸都变了形，但却咬着牙没有叫出声，这也给了父亲胆量，让他可以放手去接骨复位，他已经观摩邢大夫很多次了，各种步骤早就烂熟于心，虽然也有些紧张，可他还是一边在脑子里重复着每一个步骤，一边算是按部就班地把骨头复了原位，打了石膏。打完石膏，父亲擦了一下额头，才发现，自己的头发湿漉漉的。父亲瘫坐在那里，像是爬了一座山那般累，但心里却无比舒坦与愉悦。他打开窗户，让风吹在他大汗淋漓的脸上,都忘了吃饭,坐在那里竟然睡着了。汗还没落净，一个美梦也没做完，他就被从椅子上拎了起来。小伙子的家人推着小伙子又来了医院，这一次,小伙子没有了刚才的坚强,那种钻心的痛苦叫声响彻医院的楼道。幸亏邢大夫不放心,早早地赶到了,不然父亲非得被病人家属打残废了不可。邢大夫很快给小伙子重新接好了断骨。下午,父亲和邢大夫都被叫到院长办公室狠狠地批了一通。院长让他们停职,写出深刻的检查。

父亲并没有从这种越权行为中反思自己,反而纠结地问自己:“我明明是按照老邢的步骤做的,没有错呀。哪里出问题了？”看来,父亲想要当一名医生的贼心不死,不是一次挫折能轻易给打败的。

父亲要为自己的错误负责，他背了一个党内警告处分。邢大夫被全院通报,写了检查。

放暑假回老家时，我才真正明白小姨父所说的大事是什么。他领着我和弟弟，穿过一片树林，停在一片麦田边,远远地能看到泜河大堤上郁郁葱葱的树木迎风招展。据父亲说，泜河向北一直流，最后汇入滏阳河。父亲说,他小时候,能够坐船从老家到邯郸城。小姨父意气风发地指着麦田之中耸立起来的砖窑,和冒着一股黑烟的大烟囱,一排排红红的砖垛，以及忙碌的烧砖工，得意扬扬地说："你们看看,这就是我的砖窑,我的事业。大事就是从这里发生的。"他穿着一件灰色的西服。西服并不平整,像是被揉搓过似的,皱巴巴的。他说:"我很快就能挣到钱了,你俩说,想要啥？"我想要一本写保尔·柯察金的小说《钢铁是怎样炼成的》,我弟弟路生说只想要一副拳击手套。

他一只手叉着腰,另一只手指点江山。小姨父不只领我和弟弟去过他的事业前沿。父亲、母亲,包括偶尔回来一趟的大姨父、大姨,都见识了他的砖窑红火的情景。他对他们说:“不出两年,我就能把投入的本钱都收回来。第三年就能盖上房子。让三个妮儿每天都穿新衣服,每天都吃饺子。”

父亲确实被眼前的景象震撼了。他没有表态,回城的一路之上都脸色铁青,闭口不谈小姨父的砖窑,倒是母亲一直在喋喋不休地憧憬着能从小姨父那里分到多少高额利息。

从火车上下来,父亲才说了离开老家的第一句话,他发着狠说:“这都什么世道,秦大贵都能当上个砖厂厂长。”他没有说出后半句话,但是我们都明白,父亲不甘心自己永远是个在医院工作的行政干部,而不是个受人尊敬的医生。

小姨父的事业刚开始顺风顺水，他用很短的时间便把成本收了回来,他成了我姥姥家的明星级人物,地位直线上升,而我父亲和当工程师的大姨父都排在他的后面。每次到我姥姥家,他都喜欢在村子里转悠转悠,以便能听到村里人对他无以复加的吹捧。那个时候的小姨父可谓是春风得意马蹄疾。

谁也没想到,他美好的事业会中途夭折。

砖窑开工后的第三年,我考上了大学。那年的秋天,在遥远的兰州,我收到了父亲一封热情洋溢的信,他在信中教育我要脚踏实地,不要好高骛远,并拿我小姨父来做反面教材。字里行间,透露着一股隐隐的幸灾乐祸。我这才知道,小姨父的砖厂出了事故。小姨父也落下了残疾。

砖窑发生了坍塌。小姨父去抢救烧窑的工人，自己也被砸在里面。小姨父被送到我父亲的医院时，全身上下都是砖灰和血迹，也不知道到底哪儿伤着了。小姨哭得死去活来。

躺在病床上的小姨父对我父亲说：“每次碰到你，我就会倒霉，身上就得少点什么。”

小姨父万幸没有大碍，只是砸在了右脚上，少了三个脚指头，脚踝变了形，他在医院里和家里躺了两个月，再下地走路时就成了一个瘸子。他改变命运的努力被踩了急刹车，烧窑的工人死了两个。他变卖了砖窑，把所有的钱都赔上了，还是不够，又借了亲戚一大笔钱。他丝毫没有那种绝望的表情，反而安慰我父亲母亲：“你们尽管放心，我还会东山再起，你们的钱我会加倍给你们。比银行利息的两倍还要高。”我父亲不信他的话，父亲说：“你只要踏踏实实地种好地就行了，我们不稀罕你的利息。”其实父亲真没打算他能还得上这笔账。

我利用国庆节假期去看望过小姨父，脚上缠满石膏和绷带的他一点没有灰心丧气，眉飞色舞地给我讲起当时事故现场的情况，好像说的是发生在别人身上的事儿似的。他说：“我当时应该想点什么的，对吧，可是我没有啊，现在想想真是后悔啊。我真的应该想点什么呀。想点啥才是正常的，你说是不是？不过我觉得自己挺伟大的，这些天，我躺在病床上，越琢磨，自己的形象就越高大，我就越佩服我自己，越觉得自己是个了不起的人，是一个超凡脱俗的人，是一个能够成就大事的人。虽然牺牲了两个工人，好歹我也救出一个工人呀。我这是什么精神，救死扶伤的人道主义精神，大无畏的英雄主义精神。我恨不得给我自己发个奖状。”

虽然他的话有些自吹自擂的成分，但基本还算尊重事实。在我的头脑里，他的样子确实发生了改变。因为我永远记得在田间地头，他扶着一把锄头，吸着甘草，悠闲自在的样子。那无所事事的样子简直是一个乡村懒汉的形象。我觉得我得重新认识小姨父。他身体里流淌着一股让我肃然起敬的血液，让我刮目相看。

但在我父亲的眼里，小姨父的形象就从来没有改变过，他夸夸其谈，不切实际，是一个好逸恶劳的典型。父亲在信中这样给小姨父下定义："他终究会一事无成。"

小姨父却从来不相信自己的命运会在田地间徘徊，他那么地厌恶土地，想要让自己的家人过上好日子。为此，他愿意做任何事情，包括向任何人低头。

他第二次向我父亲低头是在脚伤痊愈之后，在乡间他已经寻找不到失去的梦想和远大的抱负了，他只能回到城里，继续寻找机遇。这次，他拎着两瓶泥坑酒送给我父亲。我父亲虽然时常对小姨父充满着抱怨，可是当看到小姨父落魄时，他又涌起了无尽的同情。扶弱济贫的心理让他忘记了对小姨父的那些偏见。

重新回到城里，成了瘸子的小姨父无法干重活，他在交通局职工医院当门房，收收报纸信件，看看大门。我父亲叮嘱他，这可是他拉下脸来求院长办的唯一一件事，他可别把工作搞砸了，让父亲脸面无光。

从外面半开的窗户看进去，小姨父似乎是一个安于现状、无欲无求的看门人，他平静地坐在那里，微笑着面对每一个进出的医院职工，闲散时看看报纸。弟弟董路生有一次和别人打架在医院里躺了两天，小姨父坐在他旁边，劝他以后别到处去给父母惹事，小小年纪不学好。

路生反唇相讥："你不也是寄人篱下，看别人脸色混饭吃吗？"

小姨父愣了愣："你怎么能这样说呢。你别看我现在在这里过着庸庸碌碌的日子，可是这里，"他用手指着自己的脑袋，"我这里从来没有停止过思考，从来没停止过对未来的梦想。你有吗？"

弟弟撇着嘴说："我没有，现在痛快就得了，想啥未来。"

小姨父与路生话不投机，他还是愿意与我聊天，他觉得和我在一个说话的频道上。

小姨父用行动证明了他从来没有停止过的奋

斗目标,有一天早晨八点,他在医院大门口拦住我父亲，他拖着残疾的右腿把父亲拽到他门房里,悄悄地对父亲说:“姐夫,我发现一个秘密。”

父亲纳闷地问:“啥秘密？”

“你们医院香火不旺的秘密。”他故意压低声音,好像怕别人听到似的。

父亲觉得很好笑:“你开啥玩笑，这又不是和尚姑子庙,什么香火旺不旺的。”

“你别笑。我是认真给你反映这个事的。”他扒头向窗外开始来上班的稀少的人流看了看,才放心地说,“我可没告诉任何人。只说给你一个人听,连院长我都没说。你听好了。这虽然不是和尚姑子庙，可性质是一样的。和尚姑子庙如果香客少,香火自然就不旺。你们医院如果看病的病人少了,你们肯定挣的钱就少。这个道理是一样的。”

父亲想了想，他觉得小姨父说得也有道理。我父亲工作的职工医院，背靠着交通局这棵大树，长期以来吃大锅饭，人浮于事，得过且过，确实是这个情况。没想到小姨父来了时间这么短，一下子就看出了医院存在的症结。

“要致富先修路。要想让病人都来你们医院看病，你们首先得把环境搞好了吧，让病人一进门就像到家了一样，他心里安生了，就能塌下心在你们医院看病了。”他拖着腿把父亲拽到大厅里，指着大厅的墙和房顶，“你看看你看看，破破烂烂的，灯有的亮、有的不亮，大厅里暗得总像是阴天要下雨。墙好像是盖了楼之后就没刷过，墙皮子都快掉光了，像一块一块的癣，这哪像是个医院，倒像是垃圾场。”

每天在这里工作的父亲，还是第一次打量自

己的工作场所，以前是习以为常了，从来没有留意到这座二十世纪七十年代建起的三层门诊楼，已然如此破败不堪。他说：“你想说啥？”

小姨父一只手叉着腰：“当然是替你们医院分忧解难，我虽然只是医院的一个临时工，可我也有主人翁的精神。我在替你们着想呢，得先把大厅粉刷粉刷，换换灯泡，门上刷刷漆，焕然一新了，才能吸引病人呀。”

我父亲这是头一次打心底里觉得小姨父的话靠谱，他由衷地拍了拍小姨父的肩膀，离开小姨父去了药房，在那里放下包便去了院长的办公室。从一楼往三楼走的过程中，父亲仿佛也才是第一次发现，医院哪儿哪儿都看着不顺眼了，哪儿哪儿都是又脏又破又旧。院长在办公室，父亲一口气把自己想说的话说出来，大意是在重复小姨父的话，应该把门诊大厅修缮一新。院长皱了皱眉:“耀先,你是药房的主任啊,这事归后勤管,你就别操心了。你把药房的事管好就行了。”

父亲碰了一鼻子灰,心灰意冷,从此再不提修缮门诊大厅的事儿。令他意想不到的是,半个月之后,早晨去上班时,门诊大厅却开始粉刷墙壁了。父亲站在大厅里,看着几个穿着蓝色工装的工人正在忙碌,热火朝天地正在刮墙皮,一时间竟愣住了。回过神来,他看到门房里的小姨父正冲他招手。他走到门房窗户那儿,小姨父神秘地小声说:“你别声张。下班我和你说。”

一整天,父亲都心神不宁,不知道到底发生了什么。

总算熬到了下班时间,小姨父站在医院外面的路旁等着他。那个春天的傍晚,日头还没有完全落下去，站在那里的小姨父，在夕阳的映照下，脸上挂着暖洋洋的幸福笑容。父亲说，那种笑容他在秦大贵开砖窑时见到过。

小姨父点着一支烟，像是等待自投罗网的鱼一样等着父亲疾速地靠近。父亲急急地说："怎么回事呀，感觉这里面有你的事。"

小姨父淡定地吐出一口烟："当然。这是我一手策划实施的。"

父亲大吃一惊。

"你别吃惊。这些人是我从老家找来的，他们干这种活儿轻车熟路，一点也不费劲。"小姨父得意地抽着烟。

"你找来的？"父亲还不大相信。

夕阳把小姨父的脸映得红灿灿的，他眨巴着眼睛："确实是。这是我头一次去见院长，我觉得他人挺好的,说话和气,对人友善,通情达理。”

“你去见院长了?”父亲觉得有点不可思议。

“是的。”小姨父得意扬扬地说,“我不像你,你是为了公家的事。我是想着自己的私事,所以我没有空着手去。我给他送了两瓶丛台酒、一条石林烟,还有装在信封里的五十块钱。他就把这事交给我了。”

这件事情对父亲的打击很大,后来他多次和我们提起他当时沮丧的心情。他不明白,为什么他通过正常的渠道去反映问题,却得不到答案,而小姨父搞点歪门邪道却得了势。他气愤地说:“这是什么世道,什么世道。”

说归说,他无法阻止院长把装修医院门诊楼的活儿交给小姨父。每天走进门诊楼,他都觉得躲在门房里的小姨父,在用一种胜利者的目光嘲笑他。他转过脸去看小姨父，小姨父却装作在一本正经地看书。

在我父亲的郁闷、疑惑与惊讶之中，小姨父开始了他的第二次创业，他不仅粉刷了门诊大厅，还粉刷了医院整个三层楼的所有房间。他没有告诉我父亲他究竟挣了多少钱。但是活儿干完后他特地请我父亲母亲下了趟馆子。这是我母亲人生中头一次下馆子，还是在我们那一带赫赫有名的燎原饺子馆。小姨父豪气冲天，大方地说："饺子随便吃，酒敞开喝。"

我父亲本来酒量就不行，那天，他喝得有点多。被母亲搀扶着走出燎原饺子馆时，身体飘飘悠悠，舌头也大了，他努力想拍拍小姨父的肩膀，却总是拍到空气中，他含糊着说："你真行，你真行。"

据我母亲说，那天晚上，喝多了酒的父亲还头一次流下了眼泪。母亲向我和弟弟透露,父亲是伤心的。多年来,父亲一直想要改变自己的社会身份,可是不管他多么努力,却迟迟无法达到。也是那次,我才知道,每个人在社会中尽着同样的义务,承担着同样的责任,做着同样的工作,却有着不同身份,不一样的身份标签。我父亲“以工代干”的身份让他多年来感到压抑与郁闷,让他觉得低人一等。他最大的梦想就是成为一名正式的国家干部,摆脱掉始终记载在他档案里的“工人”二字。而当他看到,他瞧不上眼的小姨父根本不受这些因素的制约,无所顾忌,以得到实际利益为最高目标时,他才会浮想联翩,联想到自己。

小姨父捞到了烧窑失败后的第一桶金。干完这趟活儿,小姨父尝到了甜头,立即辞掉了门房的工作,在邯郸城里租了间小房,干起了招揽工程的活儿。他不辞辛劳，手写了很多粗糙的小广告,每天一大早就骑着自行车到邯郸城里的大街小巷去张贴。他神秘的身影经常出现在一些我们从来都没有去过的地方。很短的时间里,他就成了一个邯郸地理通,他比我们每一个人都更确切地知道各条小街小巷的方位和路线。父亲曾经在去医药公司的路上碰到过小姨父，他骑着自行车去医药公司进药，在中华大街与丛台路交叉口看到一个熟悉的背影，他喊了一句"秦大贵",果然是小姨父秦大贵。他转过身来,说了声:"稍等我一会儿。"他把那张手写的广告用糨糊刷到电线杆上,才转过来和我父亲说话。

父亲问:"你干啥呢?"

小姨父憨笑着说:"贴广告呢。"他把手中的广告递到父亲眼前:"我自己写的,请多批评指正。"

小姨父秦大贵文化程度不高，却写的一手好字。白纸上的字写得潇洒漂亮。父亲没工夫看他的广告，他有点担忧地说：“你这样行吗？有多少人看你的广告。电视上的广告还看不完呢。”

小姨父自信地说：“会有的，会有的。面包会有的，活儿也会有的。反正我就记得一点，只要付出了辛苦总会有所收获。”

小姨父的自信并不是空中楼阁，实际上他的小广告发挥了作用。一周之后的一天，正在单位工作的父亲接到了一个电话，点名要找我父亲董耀先。电话里是一个瓮声瓮气的男人的声音，问我父亲粉刷六十平方米的房屋要多少钱。

父亲气不打一处来：“我不粉刷房屋。”

那瓮声瓮气的声音更加生气：“你神经病呀，你不粉刷房屋，乱贴什么广告？”

父亲这才突然意识到是怎么回事,他说:“啊,我想起来了,是有这么回事。对不住对不住,我忙晕了。”

原来,没有固定电话的小姨父秦大贵,在广告上留的是父亲单位的电话。而且,过几天就会有电话点名找我父亲,询问有关粉刷房屋的事情。父亲非常气愤,他直接去了小姨父租住的地方。

那是父亲第一次去小姨父临时的家,在渚河路一个偏僻的小巷子里。自行车都推不进去,只能放在胡同口。父亲怕自行车放那儿不安全,把正在吃面条的小姨父拉到胡同口儿,抓着自行车的把手和他说话。

小姨父急着说:“啥事这么急?别拽我,别拽我,你这人咋不讲理呢?你得让我把面条吃完吧,要不你就在我屋里说。这胡同口儿的风大,着凉了咋办？你有家有业的，又守着医院，不怕得病，我可怕。”

父亲皱着眉：“你哪那么多废话。我问你，你小广告上留的是谁的电话号码，谁的名字？”

小姨父义正词严：“你的名字，你的电话号码。”

父亲指责他：“你怎么能这样，也不和我打声招呼，天天有人给我打电话，问能不能给他们家刷房子。干扰了我正常工作不说，你让领导怎么看我，还以为我搞什么投机倒把呢。”

小姨父挠挠头：“哪有那么多道道，我不留你的留谁的。这么大个城市，我就你和姐姐两个亲人。你家里连个电话都没有，我只能留你单位的。”

“这么说你还有理了，你倒埋怨上我了。”父亲也拿小姨父秦大贵没办法，他只能告诫小姨父，“赶快把我的电话号码和名字改了,要不我就不替你传话了。”

小姨父厚着脸皮说:“好好好,一旦我有条件了,立马就装个电话。到时候你有啥业务联系,就让所有人打我的电话,我天天去给你汇报。我不嫌麻烦。”

父亲被他逗笑了,他故意板着脸说:“我能有啥业务,需要你给我转。总之你赶快想办法,天天接你那些电话,都烦死了。我都成了你的业务员了。”

就在小姨父秦大贵的事业从电线杆上的小广告起步时,我父亲正在收获他事业的高峰,他从药房的代理主任被提拔成了主任,身份得到了认可,档案里那“工人”两个字终于改成了“干部”。那时候我正好放暑假在家,作为干部的父亲心情大好,他提议全家去丛台公园游玩，并在丛台之上合影，照了个全家福。照片中的父亲笑得灿烂无比。谁也不知道，他幸福的感觉持续的时间会如此短暂，就在他一心想要向人生的顶端冲刺时，他被时代的巨浪裹挟着，慢慢地滑入了人生的低谷之中。

父亲最早预言了交通局职工医院的衰败。

父亲头一次对自己的前途产生动摇，是在那年的春天。他每天唉声叹气，像是灵魂出了窍。那年我正好面临大学毕业，他一再地叮嘱我要分到机关，千万不要分到企业，他说他那个自收自支的企业单位，说不行就不行了。父亲一封封地给我写信，目的只有一个，就是不要重蹈他的覆辙。他在信中详细地向我描述着他每天看到堆积在药房中那些药的心情，他是喜欢他的职业的，是喜欢那些药的，无论是西药还是中成药，抑或是中草药，他都当成他的宝贝似的。那些药都是他从药材公司里一箱箱、一盒盒采购进来的，就像是他的孩子似的。每当他看到它们被病人们拿走，被医生拿走，被病房拿走，就仿佛看到了那些病人绽放的笑颜，那些药进出得快，他才感觉到，他的工作是值得的，是有所成就的。父亲说他真的有一种自豪和荣耀感油然而生，他的付出是高尚的。那一刻，父亲是最纯净的，是可以忘掉世间所有的欲望与烦恼的。可是现在，那些药品却堆在那里，越堆越多，像是在嘲笑他。他说他已经很少去医药公司了，医药公司的老赵总问他为什么不去进药了，父亲说他羞愧得无言以对。

就是从那年的春天开始，从他意识到医院的命运开始，父亲患上了失眠症，他开始吃安定片。从此，失眠伴随了他的后半生。他把那个褐色的小琉璃瓶放在床头,那是他的安慰,看到它,父亲就看到了熟睡的自己。每天睡觉前他倒出一片白色的药片,不用水就能把它咽下去。

父亲在焦虑中打发着无聊的时光。他仍然替小姨父接听电话,而且他非常乐意为小姨父接听电话。每接一个电话,小姨父秦大贵都付给他五块钱。他认真地把电话里所有的话都记下来,记到一个他专门准备的小本子上。每周,小姨父都会揣着钱到我家与我父亲碰一次面,然后两人严肃地进行交接,一手交钱,一手交货。我母亲笑话他们,像是两个接头的特务。不过,通过这种特殊的联系渠道,拖着一条瘸腿、含着甘草的小姨父时来运转,装修业务开始渐渐多起来,他从老家招呼的工人从两三个,固定到了十个。除了粉刷工,他还拥有了瓦工、油漆工、电工,他俨然找回了当年开砖窑时的感觉，找到了一个小老板的感觉。他重新穿上了西装。这次的西装是一件灰格子的，粗呢子料的，是他在陵西大街百货大楼降价时买的。穿上去虽然不像上次那件皱巴，但看着还是有点僵硬。西装穿在瘦削的小姨父身上，有点宽宽大大的，兜风。

父亲在焦虑中等到了我毕业分配。如他所愿，我分配回邯郸，进了政府机关，做一名小公务员。他如释重负，从我身上看到了人生的希望。我报到那天，父亲特意破费在燎原饺子馆请我们吃饭，小姨父姗姗来迟，被我父亲毫不客气地说了两句，说他当老板了架子大了。好在是个大喜的日子，父亲的说辞也算硬中带软。小姨父打哈哈说："没办法呀，我现在是身不由己。你都不知道，业务有多忙。我生意好了，这说明大家的生活都开始好了，我们国家开始慢慢富强了。这是多么可喜可贺的事儿啊。这是人民的幸事,国家的幸事。我一个共和国的儿子,多么开心啊。”饭桌上,父亲又在感叹和忧虑他们医院每况愈下的现状。小姨父喝了两杯酒,接着父亲的话茬开始对交通局职工医院评头论足,他说,父亲医院那些同事没有一点奋斗的精神,每天只盯着那些柴米油盐的小事,每天只想着那些蝇头小利,哪能有大的作为,只能天天浑浑噩噩地混日子,等着发工资。他说起上次父亲找院长粉刷医院门诊大厅的事儿,他还说起自己在收发室,观察他们上班来得晚,下班下得早。他说:“我都看得清清楚楚,他们进进出出的,都逃不过我的法眼。”他说得兴起,越说越兴奋,把他在医院门房里看到的、想到的,通通都说了个遍,他没留意到,我父亲的脸色在一点点地变颜色,变得阴沉难看。母亲觉察到了父亲的变化,在桌子下面拉了拉小姨父的袖口,可他根本没意识到问题的严重性，还在那里激昂慷慨地诉说医院的种种弊端，他正讲到父亲药房的同事老江的爱好。他说老江每天就往护士那屋里窜，和年轻的护士们打情骂俏。小姨父说，你们想想，都是这些人，医院能有什么好。父亲再也无法忍耐，他拍案而起，酒杯应声掉到地上，摔了个粉碎，他冲小姨父说："我们医院好与不好，也轮不到你在这里说东道西。"说完，父亲拂袖而去，这顿饭吃得不咸不淡，不欢而散。

父亲在焦虑中开始思索自己的人生规划。一个四十多岁的男人，突然间失去了方向感。有时候他故意放慢了吃安定片的节奏，他睡得很晚，我看到过他在深夜的街道上踽踽独行，他落寞的身影令人心疼。在母亲的示意下，我跟在他的身后，他走得很慢，像是在等待着谁，或者等待着什么。夜晚停了片刻，父亲又问：“你想成为一个啥样的人？”

我从来没有思考过如此高深的问题，结结巴巴地说：“就是，就是，好好工作。”

路灯灯光把我们俩的身影投射到我们面前，很短的一团，看不出是个人形。父亲摇摇头：“这还远远不够。要做一个让人瞧得起的人。”

父亲独自徘徊在午夜的街头，一直想的问题就是要做一个令人敬佩的人，让人瞧得起的人。这个朴素的追求其实一直没有磨灭他的意志，即使焦虑如潮水般汹涌，他都在规划着自己的人生。他已经不满足于一名医院行政干部的身份，他在努力成为一个医生。他对我们说：“我想让这身白大褂名副其实。”

父亲的努力终于得到了回报，他如愿取得了

的街道，那条叫陵西大街的街道显得更为空旷和宁静，脚步声清晰可闻。那声音犹豫而焦躁，徘徊而忧郁。我看了看表，是午夜十二点十分。后来他停了下来，等着我靠近。他平静地说："坐一会儿吧。"十字路口，东西方向是贸易街，白日里是热闹所在，这会儿，只能在夜色中重温一下数小时前的喧嚣了。我们坐在路口的马路牙子上，父子间难得地在此时交流一下，父亲问我："工作怎么样？能不能适应？"

我回答："还可以，马马虎虎。"

父亲说："这个态度不好。你还年轻，怎么

马虎虎呢！干什么都得有想法，有目标，有规

我说："知道了。"

路口的灯光昏暗，十字路口没有行人

仍然可以闻得到街道上残留的蔬菜和肉

医师资格。他兴冲冲地把在单位单身宿舍住的我叫回家,向全家人宣布了一个决定,他郑重地说:“我要承包医院的中医科。”显然他是经过了深思熟虑的。父亲介绍说,江河日下的医院准备把医院的个别科室承包给个人,以应对眼前的危机。他不想再这么庸庸碌碌地混日子,他想去参加承包竞争。父亲跃跃欲试,势在必得。一旦他决定了要去参加承包的竞选,母亲说,他竟然改掉了数年来对安定片的依赖,不用吃药,睡眠出奇的好,就冲这一点,母亲表达了百分之百的支持。我想起那个夜晚父亲说过的话,想起什么才是一个让人瞧得起的人,我也暗自为父亲的冒险举动喝彩。那个时候弟弟董路生还在遥远的内蒙古当兵,他没有参与我们的投票。

父亲得到了家人的支持,像是加满了油的发动机开始运转起来。他每天晚上回家后就趴在桌子上开始撰写竞选承包的报告，不停地和我商量，和已经成为一个生意人的小姨父商量，他是不耻下问。经过一周的准备，竞选承包的报告基本完成，父亲志得意满，拿着手里的报告就像是站在自己承包的中医科室里一样。不过，小姨父冷眼旁观，给他提了个醒："报告好不好是一回事儿，但能不能承包成是另一回事儿。"

父亲不高兴了："你怎么老给我泼冷水？你啥事儿都能成，到我这儿就干啥啥不成。你就说我是个废物呗。"

小姨父摆摆手："我不是那个意思。我是说，承包这事儿不是靠把报告写好就能拿下的。"

"那你说，靠啥？"父亲咄咄逼人。

小姨父躲闪着："反正得有点其他的功夫。我上次在燎原饺子馆说，你还不爱听，给我拍桌子。

其实你把这件事想得太简单，你想想，那年你们院长为啥没听你的话，却听了我的话了，让我去粉刷你们医院门诊楼。”

父亲执拗地说：“反正我不搞歪门邪道，而且我也不会搞。我是医院的老职工，我当然有权利和资格承包医院的科室。”

小姨父看说不动父亲，便放弃了：“好吧好吧，我专门搞歪门邪道行了吧。”

真的让小姨父说准了，结果在一个月后出来了，父亲落选了。中医科被一个福建人承包了，福建人到医院来的第一天，到每个科室去送礼，一个包装得很漂亮的纸袋，每人一份。父亲没有打开，直接把那个有点分量的纸袋丢到了垃圾箱里。

挫折再一次拥抱了父亲。他重新到药物之中寻找睡眠的质量，再次开始吃安定片，而且加了倍,两片。

时间是从小姨父的身体上偷偷溜走的。他像是一夜之间就圆了起来，成了一个胖子。他早就“解雇”了我父亲,不需要父亲替他接电话了,开始是BP机,后来是大哥大,现在有了自己的爱立信黑色手机。他成立了自己的装修公司，忙得一塌糊涂，乡音也早就不说了，说的是带点乡音的普通话,有点南腔北调。他还是喜欢穿西装,不过讲究了许多,板正,纯正的毛料,而且打上了领带,红色的。他比我们穿着都讲究,比我们更像是一个城里的成功者。唯一没有变的就是他的爱好——吸吮甘草。

我提了职,理论研究室的副科长。结了婚。巧合的是，我妻子肖燕是市第一人民医院的内科医生，她是正牌医科大学毕业的。父亲对我的婚事非常满意，经常和我妻子在饭后聊天，听她讲讲她们医院的事情，还是药房主任的父亲听得很耐心，而且会不住地赞叹："还是大医院正规，还是大医院正规，好好好。"

1997年的夏天，缺了三个脚趾且自感身份地位陡增的小姨父秦大贵，突然想到了他身体上的另一个重大缺陷。对于他来说，那个夏天并不太阳光明媚，而是有些忧郁。

最早捕捉到小姨父心理变化的是我的父亲董耀先。我跟随领导到上海开会，一周之后刚到家，父亲就急匆匆地把我拉到卧室里，小声问我："你小姨父找过你没有？"

我说："没有啊，他找我有事呀？"

父亲先叹口气，然后才说："他是有钱烧的，开始往回倒腾了。”

“倒腾啥？”我问。

父亲的叙述满是对小姨父奇怪想法的鄙夷，他说:“这就是历史，过去的事，你能改吗？改不了。”

父亲头脑中，小姨父的念头与太阳从西边出来一样不可靠。小姨父在那天下午出现在医院时，表情与父亲开始渐渐熟悉的那种趾高气扬的风格大不相同，显得郁郁寡欢，坐在药房里掏出烟就抽，连平日里与药房那几个姑娘打情骂俏的常规都免了。父亲说:“走走走，到外面去抽。这哪儿是抽烟的地儿。”

他们站在交通局职工医院的院子里。交通局职工医院那个大木牌匾还是新的，这是新改的名。医院里连新做一块牌匾的钱都省了，在原来的牌匾基础上重新刷漆写字,只是改了一个字,把“运”字改成了“通”。小姨父盯着那块牌子,心事重重地问我父亲:“医院还是老样子?”

父亲说:“是老样子。大家都等着它哪天突然就黄了,如果真到那时候,大家也就彻底不再抱有希望了。那也好。”

小姨父显然不是来与父亲商讨交通局职工医院的前途命运的,他自顾自地说:“那年我来你们医院做手术时,医院就是这个模样。”

父亲上上下下重新打量了一下自己的身家性命都寄托在上面的医院大楼,不得不承认:“是的,已经快二十年了,楼旧了,人老了。”

小姨父说:“我怎么觉得十几年前的事儿就像发生在昨天一样。”

父亲轻描淡写地说:“不可能,我早就忘记

了。”

“我忘不了。”小姨父提高了声音,甚至有点歇斯底里。

父亲看了看小姨父有点不自然的脸，他问：“你咋想起十几年前的事了？”

小姨父咬着牙:“我忘不了。我每天都在想这件事儿,所以每天它都像是刚刚发生一样。”

父亲问:“你还能感觉到疼？”

小姨父说:“是的,疼。”

父亲努力回忆着:“我记得你说不疼，就跟被蜜蜂蜇了一下似的。”

“开始是那样,但疼的感觉越来越强烈。”小姨父说,“疼得我都睡不着觉了,我真想找你要点安定片,每天都睡不醒。”

父亲嘲笑他:“你要是天天睡不着觉，也不至于现在这么胖。你看看你都胖成啥样了。”

小姨父并不在乎我父亲的讥笑，他沉浸在他描绘的痛苦中，他说：“姐夫你得帮帮我，你不能把我推入火坑就不管不顾了。”

父亲说：“帮啥呀？”

小姨父说：“十几年前，你让我失去了做男人的尊严。今天你得帮我把它找回来。”

父亲大吃一惊：“你胡说什么？第一，当年你做手术又不是我逼着你做的。第二，我没法帮你找回来。”

小姨父说：“能的。我打听清楚了，可以重新做手术把它恢复好。据说也是一个很小的手术，很简单的。”

父亲摇着头：“那不行，我不能帮你这个忙。再说，你恢复了又能怎样？你现在公司有了，钱也有了，姑娘也都大了，老大都上大学了。你还想要啥？”

“我想要个儿子。”小姨父脸色凝重，“要不，我这么大个产业，以后交给谁？”

父亲生气地说：“你闺女不是你生的？”

小姨父说：“理儿是那个理儿，但闺女和儿子是不一样的。你有俩儿子，当然站着说话不腰疼。”

不管小姨父怎么说，怎么哀求父亲，父亲都义正词严地给拒绝了。他说：“这是我做人的底线，坚决不能碰。”

在这个困扰了他十几年的问题上，小姨父看来是决心已定，他说：“你不给我面子，不帮我。我去找仙生，他媳妇也是医生，比你还正宗。”

父亲忧虑地对我说：“他找你，你说啥也不能答应。你和肖燕都还年轻，可不能干这种毁前程的事儿。”

我说:“我以为多大的事。知道了爸,我叮嘱肖燕,不帮小姨父这个忙就是了。”

父亲仍然是放心不下, 他还专门给肖燕打了电话,千叮咛万嘱咐,要她切记不要帮小姨父这个忙。肖燕对我说:“爸是不是有点岁数大了,这点事说了大半天。”

我说:“对他们来说,这是大事。”

不出父亲所料,小姨父果然找到了我。他开了一辆二手奔驰,招摇地停在我们单位门口,大中午的,我走出单位大门时,同事们都拿异样的眼光看着我钻进那辆二手奔驰里,弄得我有些脸红。我问他:“小姨父,你从哪儿借来这辆老爷车? 挺能骗人的。”

“借?我自己买的。你感觉一下,货真价实。”小姨父得意地说，腮帮子鼓动着，我就知道，他嘴里含着甘草。

车里挺宽敞，坐着虽然不如新车舒适，也还凑合。小姨父说："车是抵债抵来的。"

我说："小姨父，你越来越像大老板了。"

"你别笑话你姨父。我连个纯种的男人都不算，还提什么老板，没乐趣，人生没乐趣。"小姨父无限感伤地说。

他开门见山，也省得我虚与委蛇了，我说："小姨父，你来找我是有事吧。要不你也不会浪费你挣钱的时间请我吃饭。"

"我说啥来着，还是大学生聪明，有道行，有知识，有文化。不像你爹，说半天不知道说啥，讲不明白。不知道是真不明白还是装不明白。"小姨父说。

我抢先说："不行。"

小姨父说:“我还没说啥事呢，你咋知道不行。”

我说:“不行就是不行。小姨父,道理你比我们懂,不用我说了。我不想让肖燕以身试法,纸包不住火,万一真出了事,你让肖燕以后咋工作?”

小姨父苦口婆心:“你和你爹一个德行，都是死脑筋。这么多年,我经了多少事多少人,要是都像你爹和你这样的人,我啥事都干不了。”

小姨父秦大贵最后急了,他以情动人,说:“你想想以前,你上大学时,都是半夜里上火车,哪次不是我骑着自行车送你到火车站,火车根本挤不上去,我还得想法把你从车窗户推进去。哪次送你我不累得臭死。你从兰州回来,到车站接你的不也是我,大包小包的,不都是我替你扛着?”

他说破了天,我也没有松口。我说:“小姨父,一码归一码。你对我的好,我永远记得。但这事没商量。不行。”

小姨父把车停在路边,让我下了车,他忘了他要请我吃饭的事儿,他气鼓鼓地说:“你真是你爹的儿子,又臭又硬。”

其实我和父亲心里都明白,在偌大的邯郸城里,已经深深地扎下根来的小姨父秦大贵,远远不只认识我们一家人,他的人脉甚至比父亲还要广,他要干的事儿,还真不是我们能阻止的。

我们的担忧很快就变成了现实。

他还是再次上了手术台,成功地恢复了他男人的尊严。他没有第一时间把这个消息告诉父亲,而是给我打了个电话,他的声音明显明亮高亢了许多,可他故意说得轻描淡写。他说:“很简单的,就半个小时的事儿。你记着啊,你姨父还是二十年前的姨父,质量上乘,如假包换。可别搞混了。”

他没有说在哪家医院做的手术，他也没有叮嘱我不要把消息向外散播,他寥寥数语把事情讲明白后就挂断了电话,这不太像他的风格。我第一时间告诉了父亲。父亲沉默良久,然后说:“奇怪。”

我问他:“有啥奇怪的？”

“这不像他。”父亲说。

我说:“我也觉得。”

父亲又有了疑问，忧虑地说:“你说，他要干啥？”

“生孩子呗。”我不假思索,脱口而出。

父亲接着抛出了最尖锐的问题:“和谁呢？”

我想说我小姨,可我想想小姨的年龄,“小姨”两个字就没说出口。我说:“也许小姨父只是想做回男人。”

父亲摇摇头:“我了解他,不可能。他一定有啥鬼主意。”

小姨父悄悄地又挨了一刀,未做任何声张。父亲说:“越安静就越可怕。”

父亲的预言变成了现实。

秋天里,传出了小姨父有了儿子的消息。消息的来源是伤心欲绝的小姨,那天她突然从乡下跑到了城里,在我们家里一把鼻涕一把泪,哭得死去活来。我赶到父母家时,她的哭泣还在持续,她已经向我父母诉说了一番,又哭着向我复述着经过,她一边骂我小姨父一边讲。我大致明白了事情的原委。怪不得我父亲说我小姨父不靠谱,他偷偷与其他女人生了儿子,却怎么也抑制不住内心的狂喜,打电话给我小姨,向她报喜。小姨说,她一听到这个消息就气得昏死过去了,第二天就来了城里。她不住口地骂我小姨父是没良心的、挨千刀的，她在家里替他照顾着一个瘫痪的父亲、一个生病的母亲，他却在城里拈花惹草，居然生了个野孩子。

我母亲问小姨："孩子的事爷爷奶奶知道不？"

小姨突然停止了哭泣，眼泪挂在脸上："知道。"

母亲又问："那他们啥反应？"

小姨一拍大腿，又猛烈地哭起来。看她这反应，小姨父的父母肯定也是欣喜若狂。

我父亲面有怒色，说道："我就知道他肚子里憋着坏水，看吧，果然是。啥人干啥事。"

兴师问罪团的成员不包括我小姨，父亲怕到时候现场局面失控，也怕小姨情绪过激，会有什么不良的后果。所以，母亲在家里陪着悲伤过度的小姨，父亲、我和肖燕去见了小姨父。地点在机械局职工医院，在医院门口，父亲停下来看了看医院的招牌，上面写着康美医院。父亲皱了下眉，嘟囔了一句："这什么鬼名字。这不是机械局职工医院吗？"父亲不知道，那个时候，机械局医院已经提前改制成现在的医院了。

小姨父在医院大厅里等着我们。他喜形于色，嘴里仍然含着甘草，咧着嘴一直笑，我们阴沉着脸，还没向他问罪，他却压抑不住自己的喜悦，说道："同喜同喜，谢谢你们来捧场，谢谢谢谢。"他还掏出喜糖往我们手里塞。我和肖燕尴尬地接过喜糖，而父亲吊着个脸，并没有接。父亲说："我们不是来道喜的。"

"都一样都一样。"小姨父说。

"那可不一样。"父亲正色道，"我们来是谴责你的，批判你的，审判你的。"

小姨父仍然笑得合不拢嘴:“都一样都一样。”

不管父亲如何动怒,把事情说得如何严重,小姨父都用笑脸给挡回来了。他说:“大老远来了,总得去看看我儿子吧,你们看了准喜欢。太他妈的可爱了,一看就是我儿子。”

他硬拉着父亲向病房里走,父亲身体僵硬,被他拉着向前走。父亲说:“你松开我,你先把你的问题说清楚。你怎么对得起他小姨,怎么对得起你那三个姑娘,你良心何安,你……”

父亲的话还没说完,我们已经来到了病房里,父亲突然中止了对小姨父的声讨,目瞪口呆地盯着病床上坐起来的那个年轻女人。

小姨父松开父亲的胳膊,走到病床前,笑着说:“也不用多介绍,你们认识比我早,以后都是一家人了,就不用太客气了,哈哈。”

我盯着那个女人，似乎感觉到在哪里见过似的。她比小姨年轻许多,也就三十岁左右。父亲好像一时间停止了思想,僵在那里,脸通红,不说一句话。

床上的年轻女人先开了口，叫了声:“董主任。”

小姨父说:“还叫啥董主任,叫啥董主任,叫姐夫,一家人不说两家话。是吧姐夫？”

父亲语无伦次地说:“啊,啊啊啊。”

女人羞涩地叫了声:“姐夫。”

父亲竟然也脸有羞色,他拽住小姨父向外走。我们跟着他们出了病房,不知道发生了什么。走到离刚才的病房远一点的地方,父亲停下来,怒气冲冲，指着小姨父:“你给我说清楚，到底咋回事呀?你说。”

小姨父镇定自若，吸着甘草，一脸的满不在乎:“啥咋回事呀？”

父亲说:“苏若瑜,苏若瑜咋回事？”

我这才明白，坐在病床上的年轻女子叫苏若瑜。记忆慢慢浮现出来,我认识她,她给我打过针,是交通局职工医院的护士,是交通局职工医院打针最好的护士。每次我去都找她打，很轻很温柔,不疼。

小姨父依然不恼:“你不都看到了吗？她现在是我儿子的妈,是你外甥的娘。”

父亲说:“我不是说这个,我是说,她怎么会和你,那个那个……”父亲有些说不出口。

小姨父说:“你不就是想说，她怎么会和我搞到一起。很简单。我在你们医院看门时就留意到她了,年轻漂亮,性情温和,脾气好。可我那时是个穷光蛋，不可能有别的杂念，也不敢想啊。只是觉得你们医院里，除了姐夫你，就她最好。现在我不是有杂念了吗，敢想了吗？我也不是穷光蛋了。想有个儿子的想法又不是一天两天的事儿了，是几十年的事儿了，这你都知道。所以一旦找回了以前的身体，我就琢磨怎么实现我的梦想，我琢磨来琢磨去，就想到了她。所以我们就在一起了。”

父亲打了个寒战，这事发生得太突然，他一时接受不了，在父亲脑海中，苏若瑜是个没有什么心机、单纯善良的姑娘，就是婚姻大事迟迟无法解决。她这种角色的转变，短时间内不可能让父亲适应。他感叹道：“太离谱了，太离谱了。”

我们再没有返回病房。父亲带着我们，匆匆逃离了医院，忘记了兴师问罪的事儿。一路上他都沮丧地在叹气：“怎么会这样，怎么会这样？”也许，处在事业低谷的父亲，永远无法理解小姨父此时此刻的想法，他也永远无法理解，这个他看不上眼，而且有点讨厌的小姨父，怎么会想干什么就能干成什么，而他却一路坎坷、一事无成。这是忧伤的父亲永远无法忘怀的一个秋天，一个令他难过的秋天。在小姨父迎来他的生命第二春之时，父亲却拉开了他人生戏剧中灰暗的一幕。

我小姨在邯郸城里只待了三天，她没有见到苏若瑜，只见到了兴高采烈的小姨父秦大贵。小姨父打不还手，骂不还口，虽然摇摇晃晃的身体承受着痛楚，却依然吸吮着甘草，一脸陶醉的样子。三天里，小姨哭够了，悲伤够了，痛苦够了，可她和我们一样，没有任何能够改变局势的办法。她身心俱疲，像个死人。老家的两个不能自理的老人，却每天晚上出现在她的脑海中，让她无法入眠。第四天一早，放心不下的她还是背着沉重的悲伤，踏上了返乡的路程，临走前，她对我父亲和母亲说，就是全天下的人都认了那个孩子，她也不认。

很长时间里，我小姨都无法从伤痛的阴影中走出来，她尽心尽力地照顾着小姨父的父母，即使当他们偶尔谈论到他们的孙子露出欣慰的笑容时，我小姨也没有生出对他们的怨恨，她只是把所有的恨都怪到钱上，她觉得一切都是钱多惹的祸。如果不是因为有了钱，小姨父不可能做这种事。可是这个想法又让她陷入了深深的困惑中，如果没有足够的钱，她的三个宝贝女儿怎么能上得起学，她家的房子怎么能成为全村最气派的房子。我小姨就是在这种悲伤与困惑互相交织的岁月里，慢慢地变得白发丛生、皱纹堆积，看上去比我母亲要老好几岁。

小姨父秦大贵的儿子满月时，他特地回老家

办的满月酒。他邀请了我们全家，我们都没有去，我们都还没有原谅他对小姨的背叛。他回乡办满月的宏大场面还是小姨向我们转述的。小姨的讲述充满了悲伤与愤恨。她完全以一个旁观者的角色参与了那场宴席。她说她没有露面，而是把自己反锁在屋子里，从窗户看到了他们厚颜无耻的把戏。那么大的场面也是她从来没有见过的，院子里和街上都挤满了人，就连她的公公婆婆都幸福地坐在当院里，乐不可支地接受着乡邻们的祝福。她没有见苏若瑜，也没有见那个孩子。后来她干脆闭上了眼睛躺在床上，但是欢笑声和喧闹声不绝于耳。黄昏时分，当喧嚣停歇，一切安静下来时，她才走出自己的屋子，院子里狼藉一片。在夕阳的陪伴下，她默默开始收拾残局。她说，她头一次感觉，夕阳的光是那么的冰凉。

小姨在丈夫和两个老人那里寻找不到任何的慰藉,只有在我父母那里,才能听到令她感动与温暖的话语。她与我父母结成了统一战线,经常跑到城里来向他们诉说内心的苦痛。我母亲出主意说:“干脆你把大贵爹娘都接到城里来,守着大贵。”

小姨忧伤地抹着眼泪:“她爷爷奶奶不干,要是能这样,我们早进城了。他们说,死也要死在家里,不能背井离乡。我也是没法子,谁让我是这个命呢。”

母亲狠着心试探着说:“要不,你就别管他爹娘了。他自己都不管,丢给你一个人。自己倒在城里寻开心快活。”

一说到这事,小姨便没了主张:“他没时间管呀。你们也看到了,他成天忙得屁股找不到板凳的。”

母亲生了气:“他忙成那样还有闲心找女人呀。你就是心肠太善、太软,太好欺负,没人管你。”

小姨既痛苦万分，又没有决心丢下老人不管不顾，她只能在谴责小姨父和自己承受痛苦中徘徊。

而小姨父再次成为父亲口诛笔伐的对象。他渐渐地冷落了小姨父,也建议我们远离小姨父。他再次断言:“我早就说过，别看他风光，他长不了。真正干大事业的人都是心胸宽阔、善良正直的人。你看看他,那么卑鄙无耻,那么肮脏下流,简直就是二流子的做派。”

而突然转换了身份的苏若瑜，也让我父亲焦虑万分。那段时间里,父亲吃安定片的数量已经增加到了三片。半年之后,当苏若瑜重新回到医院里上班时,医生们都知道她请假去生了孩子,却不知道她的丈夫是谁。关于这一点，她一直讳莫如深。父亲每次碰到苏若瑜，都觉得羞愧难当，好像是他做错了什么事似的，好像是他与她共谋了一件见不得人的事似的。每次碰到一起，他都是匆匆地从她身边逃走。有一次终于躲不过了，在走廊里，苏若瑜还是那么羞涩地轻轻叫了声“姐夫”。

父亲急忙摆摆手，小声说：“别这样叫，别这样叫。”

“那你是不承认我了？”苏若瑜盯着我父亲。

父亲汗都出来了：“是是，不是不是不是。”他都不知道该怎么回答了。

苏若瑜说：“那我们还像以前那样行吗？你别见了我就躲着我，感觉我像个瘟神。”

父亲说：“好好好。”

父亲虽然嘴上那么答应了，可他过不了心里

的那个坎。他不可能像以前那样看苏若瑜，在他眼里，她已经不是以前那个快乐的、打针轻柔的护士了，不是以前那个单纯的姑娘了。父亲从她身上看到了另一个人，那是个陌生的人，一个让他觉得暂时还无法接受的人。他甚至向我们透露，他多么想问问苏若瑜，她到底看上了我小姨父哪一点，即使冒着道德的谴责，也要和他在一起。可这些疑问，他始终闷在心里没有说出口。

更加令他不解的是，苏若瑜确定了与我父亲之间的关系后，变得极为热情，时常自觉不自觉地到药房里和父亲说几句话，拿一些小零食放到父亲的办公桌上，这让父亲很别扭，那天听了药房张青的一句话，吓得我父亲把手中的水杯都掉到了地上。张青夸张地说："苏护士对你那么好，那孩子是不是你的呀，主任？"父亲立马就绷上了脸："不许胡说，不许胡说。”

父亲小心地处理着他与苏若瑜的关系，这让他心情很不爽、很复杂，他把所有的罪责都怪到小姨父身上，他当着我们的面没少数落小姨父，他说：“国家怎么就不管管他呢，我们犯个错误还背个处分，谁来处分他呢？”没有人处分小姨父，他在自己的事业上狂奔不止，事业兴旺，开始筹划着做房地产生意。他四处游说，想着把所有的亲戚都拉进去，给他投资。他说得很明白：“我不是那种富起来就忘乎所以的人，不是那种有点钱就嘚瑟得连亲戚都不认的人，我时刻想着亲人们，是真想让你们和我一起致富、一起奔小康。你们那点钱对我来说是杯水车薪，根本起不了什么作用，我主要还是去银行借钱。”所有亲戚都相信了他的蛊惑，因为他们看到了他从一个穷得叮当响的农民成为一个老板的整个过程，只有我父亲不信，他宁死也不相信他的成功是值得歌颂的，是可以与之同流合污的。他说："你们谁愿意蹚他那趟浑水，你们蹚，反正我是不蹚。"

父亲的态度令小姨父很苦恼。多年来，他与我父亲之间的关系虽然说算不上融洽，但他一直很在乎我父亲对他的看法，他找到我，向我讨教说服父亲的办法。在我印象里，小姨父含着甘草的样子是他最经典的特征："我拿你爹是真没办法，他是我的苦主。我到现在还记得，你爹当年在我身上扎针的事儿，你记得不记得？可我就是对他恨不起来，他身上有一股让我佩服的精神，认死理，耿直不屈，当然我做不到，我要是像他那样，会一事无成。"

我看着小姨父吮着甘草的样子，好像不是甜的，总有种酸溜溜的感觉："这没办法，谁都有自己的本性。”

“那你说，我的本性好还是不好？”他抛出一个尖锐的问题让我答。

我挠挠头，不知如何回答。

小姨父笑着说：“算了，不为难你。今天主要是解决你爹的事儿。你给我出个主意吧，我是真想让他参与，这不显得我们一大家子其乐融融吗？”

我提醒小姨父：“当初你烧砖窑时，不也借过我家的钱？你当时是怎么借的？”

在我的提示下，小姨父主动去找了我父亲，他没有再向我父亲夸耀房地产公司的分红前景及对亲戚们的财富贡献，而是向我父亲哭穷。他说他不挣钱行吗，他现在一个人等于养着两个家，都要花销。他还没把话说完，就被我父亲赶了出去。他不提两个家还好，这让父亲想到了难以相处的苏若瑜。他说:“如果你不是我妹夫,我早就把你扭送到公安局去了。”

小姨父把嘴里的甘草吐到地上，也发誓说：“我要是再进你家门,我就不姓秦。”然后拖着他的瘸腿走了。

尽管父亲强烈反对，母亲还是偷偷地把家里所有的储蓄取了出来,交给了小姨父,她对小姨父千叮咛万嘱咐,一定不要把这事告诉我父亲。

其实父亲后来也隐隐觉察到了母亲的决定，而他并没有再说什么。

小姨父的儿子一岁半时，他又做出了一个令我父亲意外的决定,就是要入股我父亲工作的交通局职工医院。这对我父亲来说是一次致命的考验。

交通局职工医院就像是深秋的树叶一样,眼

见着一天天枯萎下去。早就预见了医院前途的父亲也依然无法接受它没落的结局。改制的文件一个月前便下发了，整个医院里人心惶惶，谁也不知道改制对他们每个人来说，意味着什么。那段时间是父亲最难的日子，父亲更加焦虑。他意识到，曾经预言过的人生灾难终于降临了。他天天唉声叹气，像秋天里仅存的蝉。

父亲是较早知道医院最终命运的那些人之一。他在惶惶不可终日中等来了一个人——小姨父秦大贵。父亲并不知道，满面春风的小姨父是来宣告他的命运来的。小姨父说："姐夫，告诉你个好消息。"

父亲阴沉着脸，郁郁寡欢地说："我能有啥好消息。混吃等死。"他看着小姨父嘴巴不停地嚅动着，那甘草的味道像是能从他嘴里溢出来，在屋里蔓延，父亲觉得那味道是苦的。

小姨父说："姐夫，你可得坐稳了。"他把我父亲按到沙发上，"你坐得稳稳当当的，我怕这么大喜事落到你头上，你受不了。"

父亲满脸的不屑："你的喜事都是你的，跟我有啥关系？"

小姨父这才搬把椅子，坐到我父亲对面，庄重地说："姐夫，我又做了人生中一个重大的决定，这事与你有关。"

父亲嗤之以鼻："你做的任何决定都跟你自己有关，关我屁事。"

小姨父不再卖乖，直截了当地说："我入股了交通局职工医院。"

这句话对我父亲来说，比晴天霹雳还要严重。他看了看小姨父一本正经的表情，意识到了小姨父不是在开玩笑。父亲后来对我说,他当时就觉得自己的血脉被一下子冻住了,冰凉冰凉的。他抓住小姨父的袖子,他能感觉到自己的手在颤抖:“你说的是真的?”

“当然是真的。”小姨父自豪地说,“我做出这个决定是因为若瑜,她不想离开医院,她说她喜欢医院的氛围,她说她天生就是要和医院打交道的。所以我就把医院买下来,送给她做礼物。”

我父亲似乎没有听清小姨父在说什么,他的脑子里空空荡荡,这个结局是他万万没想到的。

小姨父还沉浸在自己的扬扬自得中,他以为他替我父亲做了一次完美的选择:“我还做出了另外一个决定,这就和姐夫有大关系了。我想让你当医院的院长。”

接下来,小姨父苦口婆心地说了一番大道理,他说，他把这个医院盘下来，可不是想简单地作为礼物送给苏若瑜，他干所有的事都是深思熟虑的，是要干好的。他动情地说：“姐夫，在我最困难最灰暗最需要帮助的时候，你总是能伸出援助的手。想想当年，我一个被结扎了的男人、一个残疾人，在老家活得不痛快，憋屈，走到哪里都被人嘲笑。我立志要从农村走出来，干一番轰轰烈烈的事业，是你最先给了我勇气与决心。我来到了邯郸，虽然只是个烧锅炉的，但让我积累了最初的经验和信心。后来开砖窑，你给我提供了资金支持。开装修公司，也是姐夫你替我接电话，把一桩桩的生意送到我面前。这一次，无论如何，你得再帮我一把，姐夫。我是个门外汉，我之所以敢这么痛快地入股医院，就是因为有你在。有你在，我就觉得心里踏实牢靠，就觉得投入多少钱都能有所回报。”小姨父说得情真意切，他自己都被感动得要掉眼泪了。

那是父亲的多事之秋，那年父亲五十五岁，即将步入人生的最后一段路程，却要面临着痛苦的抉择。

那天傍晚，父亲召集我们开了一个家庭会议。母亲兴高采烈，下午她给我们每个人打电话时都会补充一句："你爸这回要扬眉吐气了。"可看父亲愁眉不展的样子，不像是一个要当院长的人、一个扬眉吐气的人。

大家一致支持父亲去当这个院长。

母亲说："你干了一辈子想得到啥，不就是想让人家都看得起你，得到大家的认可？"

我说："你在这个医院待了快一辈子了，你对医院最熟悉了，知道问题出在哪儿。让医院重整旗鼓，你是最合适的人。"

肖燕说:“这是最好的实现人生价值的机会。”

路生说:“爸,你常跟我说,机会来了,可别让它溜了。”

在家里人一致的支持声中,父亲保持着沉默。

其实,父亲要当医院院长的消息在不知不觉中已经扩散了。开始有父亲的老同事上门来请他喝酒,请他以后多多关照。

那些昔日的同事,此时此刻,都面临着人生的重大选择,要么领取一定的钱走人,要么留下来继续工作。两者选其一,没有任何其他的选项。内科主任老蒋比父亲还年长一岁,他说:“这个岁数了,领点钱就回家养老,丢人。可单位性质完全变了,一个国家的人,怎么就成了一个私企老板的人了?真想不明白,想不明白呀。”像老蒋这样的大有人在。他们无法接受被彻底扫地出门的命运,只能委曲求全地继续在医院里工作,他们对我父亲说:“你要当院长了,可得照顾一下老同事呀。”我父亲越否认,他们就越不高兴,以为父亲不念旧情,也变得和那个他们不懂的什么股份一样无情。到后来,父亲干脆谁请客吃饭都去,不承认也不否认。谁送礼都照单全收,只是父亲认真地把礼品清单记在一个小本子上。

有一天深夜,床头的电话突然响了。是母亲打来的,她焦急地让我回去一趟,说是半夜里她惊醒,发现床上的父亲不见了,母亲急得哭泣道:“这大半夜的,他到哪儿去了。”

我打了辆出租车，在寂寥的街道上寻找着父亲。我清晰地记得当年我跟在他身后,看着他落寞的身影缓缓移动的场景，那是多年前的陵西大街，当年的燎原饺子馆已经被一个高大的商场所代替。

夜晚中，商场巨大的影子让街道显得并不那么空旷。父亲没有在此踯躅。我抱着试试看的心态，让司机把车开到交通局职工医院。果然，在无垠的夜色之中，父亲站在医院大院里，正仰头看着被黑暗紧紧包裹着的门诊大楼。“来了？”父亲听到了我的脚步声。

“嗯。”我轻声说，唯恐打搅了父亲。

我挨着他向空中观看，什么也看不到，连门诊楼的轮廓都看不清。但他一直就那么执着地仰着头。

出租车远远地等在那里，已经熄了车灯，连出租车都隐在了茫茫的黑暗之中。而父亲则向夜空袒露着他的心迹：“我在这里工作了整整二十六年。我爱过它，恨过它，怨过它。这一阵想想，它就像是一个兄弟，我和它在一起成长，一起变老；一起高兴，一起烦恼；一起得到荣誉，一起受到处分。要真的做出离开的决定，还真舍不得。”

我没有说话，此时，说任何话都是多余的。看来，父亲已经做出了他最后一次人生抉择。

“你学过辩证法吧？”父亲问。

我说：“学过。”

借着暗淡的月光，我看到父亲的头发坚硬地向上竖着：“任何事物都是辩证的。身体有疾病了，就有一套分析解决的办法，叫八纲辨证法。我们老祖宗把身体的疾病分为八纲，阴、阳、表、里、寒、热、虚、实。万变不离其宗，所有的病都离不了这八纲。一阴一阳，哪方面多了或者少了，都不行，得达到平衡，做到阴阳和谐、表里如一、寒热均匀、虚实统一。这个院子，这座楼已经存在了快三十年了，它还那么坚固，可是它已经跟不上社会的步伐了，阴阳不和谐了，表里不如一了，寒热也不均了，虚实也不统一了。你说它不出毛病才怪呢。”

我静静地听着父亲的八纲辨证法，我不大懂，但隐隐地感觉到其中的一些深意。他在用八纲法来比喻医院的命运和他的人生呢。

他继续说：“就拿我和你小姨父来说。其实我们俩都不能算是阴阳和谐的人，不过，你想想，谁又能真正做到这一点呢。你小姨父是阳盛阴虚，虽然他年纪轻轻的就做了结扎手术，按说他应该阴气上升，阳气下降，可他正好相反，只知道一路向前猛攻猛冲，他的症状是精神亢奋，气粗面赤，脉数大有力，属阳证。我和他有些相反，典型的阴证特征，精神委顿，语音低微，面色灰暗，目光无神，动作迟缓，瞻前顾后。”

也许这个想法在他脑子里想得太久了，他停

顿片刻,叹了口气:“每个人有每个人的命数。”

我在想我自己的命数,按照父亲对人的理解,我不知道我的阴阳辨证关系如何。

“你爱你现在的单位吗?”父亲仰视的姿势并没有变,他突然转换话题问我。

我想了想说:“不爱。”

“那你恨它吗?”父亲又问。

“不恨。”我老实回答。

父亲重重地叹了口气,说道:“走吧,你明天还要上班。”

父亲做出的决定令所有人大吃一惊。小姨父第一时间赶过来,疑惑地问父亲:“怎么会这样?”

已经打定主意的父亲反而很轻松,长时间以来的心理负担全部卸了下来,他红光满面,笑逐颜开:“就不麻烦你替我着想了,我的人生我自己做次主。”

小姨父说:“姐夫,你真行,给我当头一棒。你说说你,怎么想的,这么大一个医院,让你来当家做主,让你扬眉吐气一回,你不干,却非要自己去开个小诊所,你开过诊所吗？你当过医生吗？治好了万事大吉,皆大欢喜;如果给人家治坏了,治死了,你咋办？这些你都想过吗？”他急得把甘草都吐到手心里,扔到了垃圾桶里。

父亲说:“你以为我这些天都在做美梦，当院长呢。我在想我自己的前程,我想得一清二楚。”

小姨父气鼓鼓地走时，撂下一句话:“你早晚会后悔,吃回头草的。”

听到消息的老蒋拿着一瓶丛台酒找上门来，与父亲开怀畅饮。老蒋无限感慨地说:“我怎么就没有你的胆量和勇气,我就是这么个人,没有什么大的志向,好歹它还是个医院,不是别的什么乱七八糟的单位,在这儿混几年退休得了。”

父亲说:“我觉得人生就是一个慢慢地从不明白到明白的过程,只要是想明白了,人生就没有白活。”

那天晚上, 两人悲壮地共同回忆了在交通局职工医院工作的点点滴滴,两个不胜酒力的人喝下了那一瓶酒,都喝得东倒西歪。父亲非要送老蒋出门,两人在夜晚的大街上高声唱起了歌,一首又一首,直到把嗓子喊破。

母亲一直以为父亲的选择是一个最大的错误,她始终都无法从这个有些悲观的念头里抽身而出,整天闷闷不乐。我和肖燕为此带着她去了趟丛台公园散心。印象里还是上大学时来过一次丛台公园,那是父亲转干之后,我们全家来这里照过一张全家福。那个赵武灵王留下的高高的台子，还是旧时的模样。母亲站在丛台上，背对着整个邯郸城，照了一张并不开心的照片。在以前的照片中，丛台是那么高大，整个邯郸城都在它的脚下，而现在，不远处越来越多的高楼大厦映衬着它慢慢变得渺小的身躯。城变了，人变了，丛台也变了。

我劝慰母亲："想开点吧。你没看到爸爸做出这个决定后有多快活吗？我觉得有几十年没有看到父亲这么无拘无束的快乐表情了，尤其是这几年，当他意识到医院不行后，很明显地，他的笑容减少了许多，他吃安定片的剂量也增加了。我觉得爸爸都有些抑郁了，他焦虑、烦躁、发脾气的次数你没发现越来越多了吗？你是想让他快快乐乐地生活，还是想让他继续每天闷闷不乐的？"

母亲思忖良久，说："我以为，他当个院长会快乐起来。”

我想起暗夜之中父亲说的那八纲辨证法:“我觉得这才是我爸做出最终决定的关键因素。你觉得他愿意接受我小姨父施舍给他的权力吗？”

母亲陷入了沉思。

“在我爸心中,从来就没有觉得我小姨父做的每一件事都是正确的,他也从来没有认可过小姨父的做人做事原则。如果让我爸接受了小姨父的建议，就等于是让我爸认可了小姨父的做人做事原则。”我越说,越觉得自己在慢慢地理解父亲那套阴阳辨证的道理。

心有不甘的母亲在走下丛台时，无奈承认了这个现实，她说:“随他去吧，他怎么开心怎么来吧。”

在所有人的质疑声中，父亲成为少数从医院里办理离职手续的人之一。他心怀坦荡地开始筹办属于自己的诊所。2000年的夏天，父亲拿到营业执照时，开心得像个孩子。他在他住的那栋楼的一楼，租了一个单元房，简单装修之后开业了，诊所的名字是他自己起的，叫明阳诊所。他把那个营业执照挂在房间墙壁的正中央，每天都仔细地擦拭一遍，站在那里认真端详。

小姨父的医院稍早一个月开业，医院的董事长是苏若瑜，老蒋当了院长。老蒋一扫当时与我父亲喝酒时的失落情绪，上任的第二天就请我父亲喝酒。父亲欣然应约前往，此时两人喝酒的心态与前次大不相同。他们都完全放松下来，喝酒的氛围就没有当时那么悲壮了。老蒋容光焕发，拿了一瓶珍藏了二十年的丛台酒，笑着邀我父亲："我们俩还能不能像上次一样把它喝掉？”

父亲痛快地说:“能啊。谁怕谁啊。”

他们并没有像上次那样缅怀美好的过去,而是在畅想未来,并且像两个小伙子似的互相鼓励对方，要把自己的事业做好。两人果然喝掉了那瓶酒。令两人奇怪的是,他们居然没有像上次那样东倒西歪,一点也没有头重脚轻的感觉,而且意识很清醒。老蒋问父亲:“这是怎么回事？”

父亲说:“上次是阴阳失衡，这次我们找回来了。”

父亲在寻找他的阴阳平衡，他的小诊所慢慢地有了点起色，他专门用中医治疗一些疑难杂症，小诊所虽然不能说病人盈门,却能让父亲找到一个做医生的自豪与荣耀。小姨父却不管那一套,他的生意越做越大,他商业的版图横跨了装修、房地产、医院、贸易，什么挣钱他做什么，他成了邯郸城里有名的精英，他的身影经常出现在电视上，做访谈，接受采访。他的身体越来越胖，走起路来越发显出腿脚的毛病。有人私下里管他叫瘸腿大亨。

2010年，小姨父的身体突然消瘦下来，两颊的皮都往下耷拉着，在自己医院检查的结果不好，小姨父不信，又跑到石家庄、北京检查了个够，结果都是一致的：他得了癌症。那之后小姨父踪影皆无，没有人知道他去了哪里，就连苏若瑜也不知道。一个月后他才露面，他出现在父亲的诊所。他戴着一顶大檐帽，一身休闲的打扮，非常低调。他坐下来，环顾明阳诊所那间并不宽敞的房间，说："姐夫，这一个月来，我最想念的人是你。"

父亲说："不应该吧。你肚子里那点脓水，我还不知道？"

小姨父秦大贵就笑了:“我们俩,风风雨雨,快一辈子了,你太了解我了。我就是不甘于自己的命运,所以得一直这么折腾着。现在,也折腾够了,该歇歇了。这一个月我找了个没人的地方猫着,我想通了,人不得不认命。这是老天爷告诉我,该停下来了。好吧,我停下来,我不相信那些大医院,我相信你。就跟当年我相信你一样,到城里来投奔你,让你领着我去做结扎手术。现在,你给我治吧。”

做结扎和治疗癌症是两回事,父亲劝他还是到大医院里去治:“不行去北京上海,或者去国外,你有这条件。为什么不去试试呢?”

不管我父亲怎么劝,小姨父是打定了主意:“反正是一个死。人终有一死,不过是早一天晚一天的事儿。反正我这辈子认定你了,上两次,你给我结扎,你把我三个脚指头弄没了,我成了瘸子,后来我琢磨，我身体上少点什么，我的人生境界就向前奔一大截。没准，这回你再给我治治，再少点什么，我的人生又迈向一个新的高度呢。”这个时候，他也不忘调侃一下。

面对似乎已经走向人生尽头的小姨父，父亲懒得再和他理论，他说：“你要是相信我，你就得抱着死马当成活马医的心态，我尽最大努力试试。”

小姨父爽快地说：“你就大胆地试吧。我这一百八十斤就交给你了。”好像身体是旁人的。

父亲与小姨父达成了一个君子协定。小姨父让父亲放手在他身上试验。父亲按照他的阴阳、表里、寒热、虚实理论，与小姨父一起小心翼翼地踏上了冒险的旅程。

每隔一段时间，小姨父都会从父亲的诊所里钻出来，经过针灸之后，带着一提包中药回去喝。

父亲劝他戒掉嚼甘草的习惯,他说:“这对你的病一点用处都没有。”

小姨父说:“戒不了了，就跟你天天得吃安定片睡觉一样，我要是不含着甘草，就浑身没劲,打不起精神来。”

大半年之后，小姨父的病情竟然神奇地得到了控制,不知道是父亲的药起到了作用,还是别的什么原因。又过了一个冬天，当春天来临的时候，小姨父把所有的生意都交给了苏若瑜,独自一人踏上了周游世界的漫漫路途。他并没有从我们的视野中消失，他经常给我们寄来他在世界各地的照片，他在加勒比海游艇上喝着啤酒、在塔希提岛上与当地人跳舞、在东京人头攒动的人群中旁若无人地傻笑、在泰国的寺庙外虔诚地双手合十……他好像从来没有离开过我们,他甚至已经不再需要我父亲的中草药,他和父亲的冒险旅程已经悄然结束。我们很少再听到他提他的病,行走在世界上的小姨父秦大贵,看上去比我们任何人都健康。

小姨相继把两位老人送到了另外一个世界,她突然间感到无比的孤寂和悲凉,她苍老的面容镌刻着对另外一个人的思念。有一天,她突然对我们说,她要去找小姨父,陪着他一直到死。小姨的举动让我们惊讶,但看着她历经风霜的面孔,我们还是满足了她的要求,含泪把她送上了飞机。小姨从来没有坐过飞机,在经受了痛苦而漫长的呕吐之后,她和小姨父在巴黎相见了。在寄给我们的照片中,小姨的面容惨白,而小姨父则春风拂面,他们像是两代人。过了半年之后,照片上的小姨就变了,变得年轻了,她的穿着、神态都变了,那是一个我们完全陌生的小姨。

2015年的夏天，我去美国访问交流，在纽约时代广场，突然有人拍拍我的肩膀，回头一看，是小姨和小姨父，他们满面笑容、非常健康地对我说：“嗨。”

小姨足足年轻了二十岁。我们站在那里聊了几句，我问问他们的情况，他们也问问亲人们的情况。然后我突然问小姨父：“从我小时候，就看到你嘴里一直在吸着甘草，都有大半辈子了，什么味啊？”

小姨父使劲吮了吮甘草，咂摸着，想了想说：“啥味也没有。”